A HISTÓRIA DE MARTIN LUTHER KING JR.

Inspirando novos leitores

— Escrita por —
Christine Platt

— Ilustrada por —
Steffi Walthall

Traduzida por **Marcia Blasques**

astral
cultural

Copyright © 2020 Rockridge Press, Emeryville, California
Copyright © 2020 Callisto Media, Inc.
Ilustrações © 2020 Steffi Walthall
Publicado pela primeira vez em inglês pela Rockridge Press, uma marca
da Callisto Media, Inc.
Tradução para Língua Portuguesa © 2021 Marcia Blasques
Todos os direitos reservados à Astral Cultural e protegidos pela Lei 9.610,
de 19.2.1998. É proibida a reprodução total ou parcial sem a expressa
anuência da editora.

Editora Natália Ortega
Produção editorial Esther Ferreira, Jaqueline Lopes, Renan Oliveira
e Tâmizi Ribeiro
Preparação de texto João Rodrigues **Revisão** Alline Salles
Capa Stephanie Sumulong
Design Amanda Kirk
Ilustração @Steffi Walthall p. 1, 4, 5, 8, 12, 15, 18, 20, 23, 24, 27, 30, 31, 34, 37,
39, 41, 43, 46, 47 e 52
Mapas Creative Market p. 7, 17, 22, 33, 35, 44 e 49
Fotos World History Archive / Alamy Stock Photo, p. 54; RBM Vintage
Images / Alamy Stock Photo, p. 56; Archive PL / Alamy Stock Photo,
p. 57
Foto da autora cortesia de ©Nora E. Jones Photography
Foto da Ilustradora cortesia de ©Clarence Goss

Dados Internacionais de Catalogação na Publicação
Angélica Ilacqua CRB-8/7057

P778h

    Platt, Christine
       A história de Martin Luther King / Christine Platt ;
    tradução de Marcia Blasques ; ilustrações de Steffi Walthall.
    — Bauru, SP : Astral Cultural, 2022.
       64 p. : il., color. (Coleção Inspirando novos leitores)

    Bibliografia
    ISBN 978-65-5566-266-5

    1. Literatura infantojuvenil 2. King, Martin Luther,
    1929-1968 3. Segregação racial I. Título II. Blasques,
    Marcia III. Walthall, Steffi IV. Série

22-4506   CDD 028.5

Índices para catálogo sistemático:
1. Literatura infantojuvenil

BAURU	SÃO PAULO
Av. Duque de Caxias, 11-70	Rua Major Quedinho, 111
8º andar	Cj. 1910, 19º andar
Vila Altinópolis	Centro Histórico
Telefone: (14) 3235-3878	CEP 01050-904
CEP 17012-151	Telefone: (11) 3048-2900

E-mail: contato@astralcultural.com.br

SUMÁRIO

CAPÍTULO 1 — Nasce um rei — 4

CAPÍTULO 2 — Os primeiros anos — 12

CAPÍTULO 3 — Liderando na igreja — 20

CAPÍTULO 4 — Direitos civis e protestos pacíficos — 27

CAPÍTULO 5 — A luta em Birmingham — 34

CAPÍTULO 6 — Martin tem um sonho — 39

CAPÍTULO 7 — Lutando até o fim — 46

CAPÍTULO 8 — Então... quem foi Martin Luther King Jr.? — 53

GLOSSÁRIO — 60

BIBLIOGRAFIA — 62

Conheça
★ Martin Luther King Jr. ★

Quando criança, Martin Luther King Jr. queria ser bombeiro. Depois, seu sonho era se tornar médico. Ele também adorava cantar e até pensou em ser artista. Mas Martin nunca pensou que seria um líder dos **direitos civis**.

Quando ele nasceu, os Estados Unidos eram um país **segregado**. Os **cidadãos** negros e os brancos faziam quase tudo separados. As famílias muitas vezes moravam em bairros

diferentes. Os filhos até mesmo frequentavam escolas distintas. Sempre que tinham que fazer coisas juntos, como andar de ônibus, os negros não eram tratados de forma justa.

    Mesmo quando criança, Martin sabia que a **segregação** era um erro. Ele acreditava que todos mereciam ser tratados com igualdade. Quando se tornou adulto, ele ajudou a liderar o **movimento dos direitos civis** para acabar com a segregação.

    Como foi que Martin passou do sonho de ser bombeiro ao famoso discurso "Eu tenho um sonho"? O que o inspirou a acabar com a segregação e lutar pela **igualdade**? Vamos descobrir mais sobre a vida de Martin e sobre como ele mudou os Estados Unidos.

Em Atlanta, havia um **sistema bem rígido de segregação**.
Por muito, muito tempo, **eu não podia nadar...**

Os Estados Unidos
★ de Martin ★

Martin nasceu em 15 de janeiro de 1929, em Atlanta, no estado da Geórgia. Ele recebeu o nome do pai, o **reverendo** Martin Luther King Sr., um popular pastor da Igreja Batista Ebenézer. A mãe de Martin, Alberta, estudou para ser professora.

Mais de sessenta anos antes de Martin nascer, a **escravidão** era legalizada no sul do país. Essa foi uma das principais razões para o começo da Guerra Civil nos Estados Unidos,

em 12 de abril de 1861, quando Abraham Lincoln era presidente. O norte queria acabar com a escravidão e, por isso, lutou contra o sul. Um dos objetivos do presidente Lincoln era acabar com a escravidão de uma vez por todas. Ele fez muitas coisas para que isso acontecesse, incluindo assinar a **Proclamação de Emancipação**.

    O norte venceu a Guerra Civil, colocando um fim na escravidão em 1865. Os Estados Unidos começaram sua **Era da Reconstrução**.

Nesse período, os estados do sul criaram os **Códigos Negros** e as **leis de Jim Crow**. Essas regras exigiam que os cidadãos negros fizessem a maioria das coisas de forma separada dos cidadãos brancos. Além disso, mesmo que os trabalhadores negros fizessem as mesmas tarefas que os trabalhadores brancos, os negros recebiam menos. Com o tempo, essas leis se tornaram leis de segregação, que eram uma forma de **racismo**.

MITO & FATO

Quando a escravidão chegou ao fim nos Estados Unidos, negros e brancos passaram a conviver em paz.

Mesmo com o fim da escravidão, negros e brancos levaram vidas segregadas, principalmente nos estados do sul do país. Muitos brancos ficaram com raiva por terem perdido o direito de escravizar as pessoas e continuaram a tratar mal os negros.

— PARA — PENSAR

Como você se sentiria se tivesse que deixar de ser amigo de alguém por causa da cor da pele dele?

Quando Martin nasceu, as leis de segregação ainda existiam, então ele vivenciou isso tudo já na infância. O primeiro melhor amigo de Martin era um menino branco. Mas o pai desse amigo disse ao menino que eles não podiam mais conviver juntos porque Martin era negro, o que deixou Martin confuso. Então, o garoto contou à mãe, que explicou ao filho que era assim que as coisas aconteciam de acordo com a segregação. Martin ficou muito triste. Torcia para que a segregação acabasse, para que ele nunca mais tivesse que perder outro amigo.

O racismo sofrido por Martin durante a infância teve um importante papel no tipo de líder que ele iria se tornar. E a vida dele também foi fundamental para o tipo de país que os Estados Unidos se tornariam.

QUANDO?

Os primeiros escravizados africanos foram trazidos aos EUA.

1619

A Guerra Civil começa.

ABRIL DE 1861

A Guerra Civil acaba.

ABRIL DE 1865

A 13ª Emenda acaba com a escravidão.

DEZEMBRO DE 1865

Nasce Martin Luther King Jr.

JANEIRO DE 1929

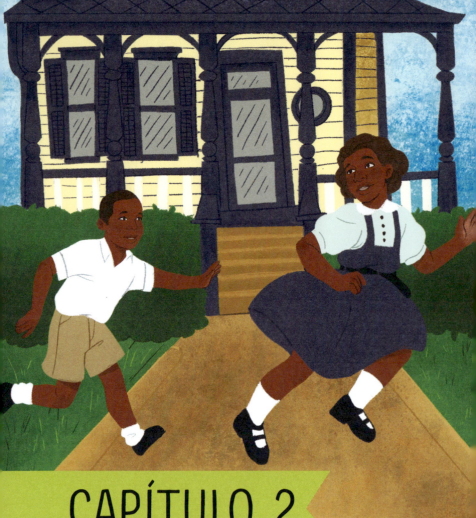

CAPÍTULO 2

OS PRIMEIROS ANOS

★ Crescendo em Atlanta ★

Martin cresceu em um bairro segregado conhecido como Sweet Auburn, uma das comunidades negras mais ricas da cidade de Atlanta. A família King tinha uma bela casa. Martin morava ali com os avós e os pais, além da irmã mais velha, Willie Christine, e do irmão mais novo, Alfred Daniel.

Árvore genealógica dos King

Quando as crianças da família King não estavam ajudando na igreja, brincavam do lado de fora da casa e passavam o dia com a mãe. A sra. King ensinou Martin e seus irmãos a ler e a escrever. Além disso, também ensinou os filhos a tocar piano. A família adorava cantar música **gospel**.

Como filho de pregador, Martin passava muito tempo na Igreja Batista Ebenézer. O reverendo King, às vezes, podia ser rigoroso, mas Martin admirava o pai. Ele foi a primeira pessoa que Martin viu lutar contra o racismo. Durante os sermões na igreja, o reverendo King pregava a respeito da necessidade de acabar com a segregação. E encorajava Martin e seus irmãos a fazerem o mesmo.

> **Não importa quanto tempo eu tenha que viver com esse sistema, eu nunca vou aceitá-lo.**
> — Reverendo Martin Luther King Sr.

Seguindo os passos ★ de Martin Sr. ★

Do ensino fundamental ao ensino médio, os professores de Martin notaram que o garoto era muito inteligente. Ele até chegou a pular algumas séries e se formou mais cedo no ensino médio. Quando tinha apenas quinze anos, Martin entrou na faculdade. Ele ainda tinha tempo para praticar seus esportes favoritos, como beisebol e futebol americano.

Martin tinha orgulho de ser aluno da Morehouse College, uma **faculdade tradicionalmente negra** para homens. Vários da família King tinham estudado lá, incluindo seu pai e seu avô. Na faculdade, Martin seguiu os passos do pai e se tornou pastor.

Depois de se formar, em 1948, Martin se matriculou no Seminário Teológico Crozer, em Chester, na Pensilvânia, para estudar religião. Pela primeira vez, estava frequentando uma escola majoritariamente branca. Ele era um dos onze alunos negros que havia em todo o câmpus.

Martin temia que os colegas brancos não o vissem como um igual. E se pensassem que não era inteligente? Mas ele logo viu que os colegas o respeitavam. Martin até chegou a ser eleito presidente da turma.

Durante os estudos no Seminário Crozer, Martin aprendeu a respeito de vários líderes religiosos. Lá, passou a admirar o líder

– **PARA PENSAR**

Como você acha que Martin se sentiu quando se matriculou no Seminário Crozer? Como acha que você teria se sentido?

indiano Mahatma Gandhi. Ele se interessou pela abordagem não violenta de Gandhi na questão da mudança social.

    Depois de se formar no Crozer, em 1951, Martin se mudou para Massachusetts para estudar na Universidade de Boston. Boston era uma cidade **diversa**, que não tinha leis de segregação. Alunos de diferentes faculdades costumavam sair juntos. Foi assim que Martin conheceu Coretta Scott, uma aluna do

Conservatório de Música de New England. Eles se apaixonaram muito rápido e se casaram em 18 de junho de 1953.

Em 1954, Martin recebeu uma oferta para trabalhar na Igreja Batista da Avenida Dexter. Estava empolgado para pregar, acreditava ser sua vocação. Mas Martin sabia que ser ministro naquela igreja não seria fácil. Ela ficava em Montgomery, no Alabama — uma das cidades mais racistas e segregadas do sul do estado.

QUANDO?

1948	1951	1953	1954
Martin se forma na Morehouse College.	Martin se forma no Seminário Crozer e se matricula na Universidade de Boston.	Martin se casa com Coretta Scott.	Martin recebe uma oferta para trabalhar em uma igreja em Montgomery, no Alabama.

CAPÍTULO 3
LIDERANDO NA IGREJA

★ Pregando a igualdade ★

Martin e Coretta decidiram que ele devia aceitar o trabalho. Embora a vida fosse melhor para os negros no norte, as comunidades negras do sul precisavam da ajuda dele.

No momento em que Martin e Coretta pisaram em Montgomery, foram lembrados acerca dos horrores da segregação. Eles tiveram que voltar a beber água de bebedouros separados, tinham que andar na parte de trás dos ônibus e até mesmo ceder o assento para passageiros brancos. Mas Martin finalmente podia pregar sobre igualdade. E, em maio de 1954, ele deu seu primeiro sermão como ministro na Igreja Batista da Avenida Dexter.

Naquele mesmo mês, um caso importante foi decidido pela **Suprema Corte**, o mais alto tribunal dos Estados Unidos. Quando um caso judicial é muito difícil de julgar, a Suprema Corte intervém para chegar a uma decisão. No caso Brown *versus* Secretaria de Educação, várias famílias negras argumentaram que

escolas públicas segregadas eram injustas e **inconstitucionais**. E, em 14 de maio de 1954, a Suprema Corte concordou. Essa decisão histórica significava que todas as escolas públicas tinham que acabar com a **segregação**.

    Conquistar o direito de frequentar as mesmas escolas que os brancos foi só uma das muitas batalhas. Martin incentivava os moradores negros de Montgomery a lutarem pelo fim da segregação — não só nas escolas, mas em todos os lugares. Isso era especialmente importante para Martin porque, em 17 de novembro de 1955, Coretta deu à luz a primeira filha do casal. Martin não queria que a menina, Yolanda Denise, tivesse que viver em meio à segregação.

Rosa Parks e o boicote aos ★ ônibus de Montgomery ★

Sob um regime segregacionista, os negros tinham que se sentar na parte de trás dos ônibus da cidade. Caso não houvesse assentos suficientes, os passageiros negros tinham que ceder o assento aos passageiros brancos. Mas os negros estavam cansados de serem tratados de maneira injusta. E, assim, eles começaram a se recusar a dar seu lugar. Muitas vezes, chegavam a ser presos. Quando, em 1º de dezembro de 1955, Rosa Parks foi presa por se recusar a ceder seu assento, os moradores negros de Montgomery decidiram se posicionar.

Vários líderes negros se reuniram. Juntos, decidiram usar a prisão de Rosa Parks como motivo para **boicotar** os ônibus da cidade.

Martin foi convidado a liderar o **boicote aos ônibus de Montgomery**. Mesmo sabendo que seria perigoso, Martin aceitou. Em 5 de dezembro de 1955, os moradores negros seguiram as instruções de Martin — eles se recusaram a andar nos ônibus da cidade a menos que a segregação acabasse.

Embora o boicote aos ônibus tenha sido difícil

– PARA – PENSAR

Como você se sentiria se fosse obrigado a ceder seu assento para outra pessoa? Acha que teria a coragem de Rosa Parks?

MITO & FATO

O boicote aos ônibus de Montgomery não durou muito tempo.

O boicote começou em 5 de dezembro de 1955 e terminou em 20 de dezembro de 1956. Por um ano, Montgomery se recusou a acabar com a segregação nos ônibus.

para os cidadãos negros, o movimento acabou tendo sucesso. Martin ficou emocionado por terem conseguido, sem usar a violência, alcançar o objetivo, ou seja, brancos e negros terem o mesmo direito sobre o uso dos ônibus.

Mas ainda havia muito trabalho pela frente. O movimento pelos direitos civis estava só começando. Haveria tempos mais difíceis à frente para os cidadãos que lutavam por direitos iguais.

QUANDO?

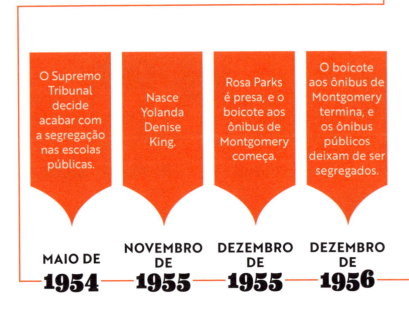

MAIO DE 1954	NOVEMBRO DE 1955	DEZEMBRO DE 1955	DEZEMBRO DE 1956
O Supremo Tribunal decide acabar com a segregação nas escolas públicas.	Nasce Yolanda Denise King.	Rosa Parks é presa, e o boicote aos ônibus de Montgomery começa.	O boicote aos ônibus de Montgomery termina, e os ônibus públicos deixam de ser segregados.

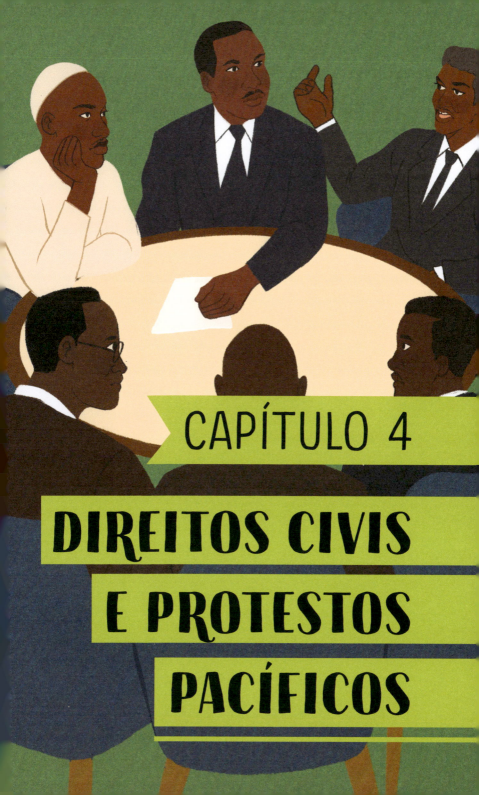

★ Martin lidera o caminho ★

O boicote aos ônibus de Montgomery mostrou o poder dos protestos pacíficos contra a segregação. E, desse modo, em pouco tempo eles passaram a acontecer em todo o sul.

Em janeiro de 1957, Martin foi a Atlanta para se reunir com Bayard Rustin, Ralph Abernathy, Fred Shuttlesworth e outros líderes negros. Juntos, formaram a Conferência da Liderança Cristã do Sul (SCLC, em inglês) — uma organização de direitos civis. E Martin foi escolhido como presidente.

A SCLC também trabalhava em outras questões de direitos civis, como o voto. A Cruzada pela Cidadania começou no fim de 1957, para registrar eleitores negros. Martin foi a uma marcha em Washington, D.C., chamada de Peregrinação de Oração pela Liberdade, e fez um discurso chamado "Dê-nos a cédula". Durante o discurso, Martin disse à multidão que os negros estavam tendo problemas para votar. Ele queria mudar aquilo.

> **Dê-nos a cédula
> e não precisaremos mais
> preocupar o governo
> federal com os nossos
> direitos básicos.**

À frente da SCLC, Martin viajava muito. Mas, com frequência, voltava a Montgomery para estar com a família. Em 23 de outubro de 1957, Yolanda se tornou a irmã mais velha quando Martin Luther King III nasceu.

★ Protestos pacíficos ★

No fim da década de 1950, nove estudantes negros tentaram **ingressar** em uma escola secundária só para brancos, em Little Rock, no estado de Arkansas, e foram impedidos. O embate foi tão grave que o presidente teve que chamar a **Guarda Nacional**, parte das forças armadas dos Estados Unidos, para garantir a segurança dos estudantes.

Pouco depois, Martin publicou seu primeiro livro, *Marcha pela liberdade,* no qual falava a respeito do boicote aos ônibus. Ele comemorou com uma sessão de autógrafos em Nova York, mas algo terrível aconteceu: um desconhecido o esfaqueou com um abridor de cartas. Por sorte, Martin sobreviveu.

Durante muitos anos, Martin quis visitar a Índia, mas nunca estava disponível. Depois de ser esfaqueado, ele decidiu arranjar tempo. E em fevereiro de 1959, Martin e Coretta viajaram para a Índia. Martin ficou ainda mais inspirado pela vida e pelos ensinamentos de Gandhi. Quando o casal voltou, ele começou a planejar mais protestos não violentos.

Em 1960, a família King se mudou para Atlanta. Martin gostava de estar mais perto da sede da SCLC. Martin até conseguiu servir como copastor de seu pai, na Ebenézer — a mesma igreja que frequentou quando menino.

Em Atlanta, ele organizava **protestos pacíficos**, em que as pessoas se recusavam a sair de áreas segregadas. Em todo o sul, esses protestos eram populares, especialmente em lojas e restaurantes.

– PARA – PENSAR

Imagine ser preso por sentar à mesa de um restaurante e querer um tratamento justo e igualitário. Como você se sentiria?

Os policiais do sul do país sabiam que Martin inspirava outros cidadãos negros a protestarem. E, por isso, tentavam encontrar motivos para prendê-lo.

Certa vez, Martin foi preso na Geórgia por dirigir com uma carteira de motorista emitida pelo estado do Alabama. Felizmente, um congressista chamado John F. Kennedy ajudou a libertar Martin. Alguns meses depois, o sr. Kennedy se tornou o 35º presidente dos Estados Unidos.

Além dos protestos passivos, Martin e seus apoiadores participaram de outros protestos não violentos. Fizeram as **Viagens da Liberdade**, indo do norte para o sul para desafiar os ônibus segregados. Em várias cidades, eles realizaram marchas pelos

direitos civis. Apesar de ter sido preso e encarcerado muitas vezes, Martin se recusava a desistir. Ele ia continuar a luta pela igualdade.

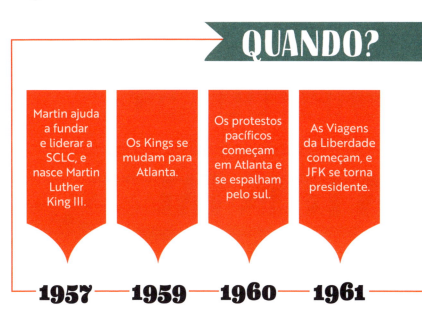

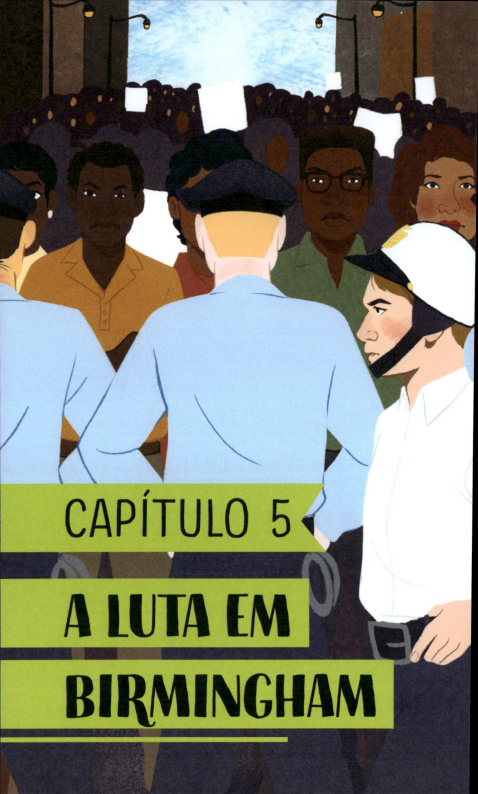

CAPÍTULO 5
A LUTA EM BIRMINGHAM

★ Boicotes de Birmingham ★

Em lugares como Birmingham, no Alabama, a situação era ainda pior para os negros. Em 1963, o novo governador, George Wallace, tornou público que não queria que a segregação terminasse. O comissário de Segurança Pública, Eugene "Bull" Connor, declarou que não importava se os protestos fossem pacíficos – ele ordenaria que a polícia usasse a violência.

Quando o comissário Connor soube que a SCLC planejava ir a Birmingham, ficou furioso e tornou **ilegais** os protestos de Martin na cidade.

— PARA PENSAR —

Você teria se juntado à Cruzada das Crianças? Por quê?

Martin sabia que corria risco de ser preso, mesmo assim decidiu protestar. Centenas de pessoas boicotaram os comércios empreendidos por brancos. Adolescentes e crianças planejaram uma marcha chamada de Cruzada das Crianças.

O comissário Connor ordenou que a polícia jogasse água na multidão que se manifestava pacificamente. Os manifestantes também foram atacados por cães policiais, e muitos foram presos. Enquanto Martin estava na prisão, escreveu uma carta falando sobre a situação do sul.

Apesar do que tinha acontecido, ele continuava não acreditando em responder à violência com mais violência. Sua carta foi lida em rede nacional. Mais pessoas começaram a perceber a necessidade de mudança. A "Carta de uma Prisão de Birmingham", de Martin, é um de seus escritos mais famosos.

Conquistas em Birmingham

Os protestos começaram em 3 de abril e só terminaram em 10 de maio, quando os líderes empresariais de Birmingham concordaram em acabar com a segregação. Muitos comércios que antes eram apenas para brancos receberam os primeiros clientes negros. Em junho de 1963, placas de segregação como "Somente brancos" e "Ninguém de cor" foram removidas.

> *A injustiça em um lugar qualquer é uma ameaça à justiça em todo lugar.*

QUANDO?

Começa a Campanha de Birmingham.
3 DE ABRIL DE 1963

A polícia usa violência contra os manifestantes.
7 DE ABRIL DE 1963

Martin é preso.
12 DE ABRIL DE 1963

Fim da Campanha de Birmingham; Birmingham começa a colocar um fim na segregação.
10 DE MAIO DE 1963

Começa a Cruzada das Crianças; mais de mil crianças são presas.
2 DE MAIO DE 1963

Martin escreve a "Carta da Prisão de Birmingham".
16 DE ABRIL DE 1963

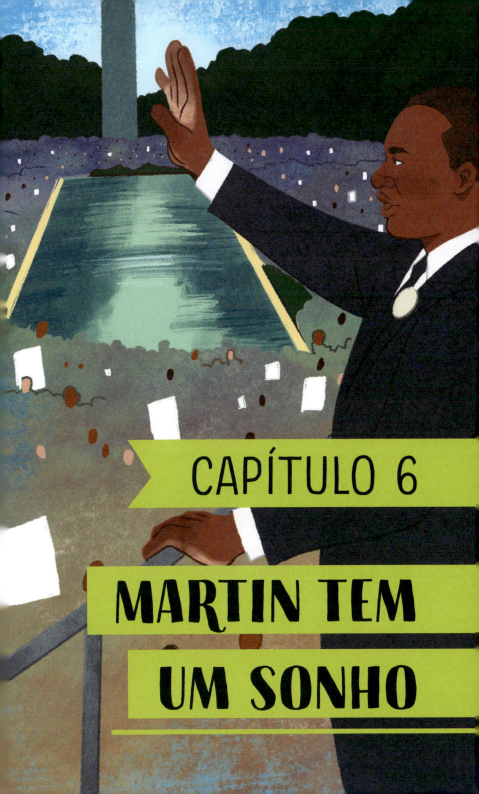

A marcha sobre ★ Washington, D.C. ★

Martin sabia que tinha apoio em Washington. John F. Kennedy, o homem que ajudou a libertá-lo da prisão, agora era presidente dos Estados Unidos. O presidente Kennedy também acreditava na igualdade e, em 11 de junho de 1963, ele fez um poderoso discurso sobre a violência ocorrida em Birmingham alguns meses antes. O presidente incentivou todos os cidadãos a trabalharem juntos para promover mudanças.

Em 19 de junho, o presidente Kennedy apresentou um novo projeto de lei de direitos civis ao Congresso. Se fosse aprovada, a lei acabaria com a segregação em locais públicos, como escolas e restaurantes, para sempre. Os esforços de Martin para promover esse projeto levaram ao seu discurso mais famoso.

Martin trabalhou com outros líderes para planejar um evento chamado Marcha sobre Washington por Trabalho e Liberdade. Muitas pessoas ajudaram a planejar a marcha, mas Martin atuou muito próximo de cinco líderes. Juntos, eles foram apelidados de Os Seis Grandes.

Martin Luther King Jr., presidente da Conferência da Liderança Cristã do Sul

John Lewis, presidente do Comitê de Coordenação de Não Violência entre Estudantes

A. Philip Randolph, organizador Sindical

Roy Wilkins, diretor-executivo da Associação Nacional para o Avanço das Pessoas de Cor

James Farmer, fundador do Congresso da Igualdade Racial

Whitney Young, diretor-executivo da Liga Urbana Nacional

> **Deveria ser possível [...] para todo estadunidense desfrutar dos privilégios de ser estadunidense, independentemente de sua raça ou cor.**
> — Presidente Kennedy

Em 22 de junho de 1963, os Seis Grandes se reuniram com o presidente Kennedy para discutir seus planos. Eles prometeram que o evento não seria violento. E, com o apoio do presidente Kennedy, a Marcha sobre Washington por Trabalho e Liberdade foi marcada para 28 de agosto de 1963.

Mais de 250 mil pessoas foram apoiar a Marcha sobre Washington. Cerca de 80 mil desses apoiadores eram brancos. Desconhecidos deram os braços enquanto marchavam e cantavam juntos. Foi a maior demonstração de **união** racial que os Estados Unidos já tinham visto.

– PARA PENSAR –

Como o mundo de hoje poderia ser diferente se Martin e seus milhares de seguidores não tivessem marchado sobre Washington em apoio aos direitos civis?

Depois que várias pessoas fizeram apresentações e discursos, Martin se dirigiu ao público. Nesse momento, compartilhou com eles os sonhos que tinha para os Estados Unidos. O discurso "Eu tenho um sonho", de Martin, é um dos mais citados do mundo.

A Marcha sobre Washington terminou quando a multidão cantou o hino do Movimento dos Direitos Civis, "We Shall Overcome" ("Vamos superar", em português). A hora da mudança tinha chegado.

> Um dia, [...] garotinhas e garotinhos negros vão poder dar as mãos a garotinhas e garotinhos brancos como irmãs e irmãos.

Mudança para ★ os Estados Unidos ★

Infelizmente, o presidente Kennedy morreu antes de ver as recompensas de seu trabalho. Quando foi morto, em 22 de novembro de

1963, a nação ficou de luto. Em 2 de julho de 1964, o presidente Lyndon B. Johnson assinou a Lei dos Direitos Civis de 1964, honrando o presidente Kennedy. Depois do trabalho incansável de muitos líderes do movimento dos direitos civis e de seus apoiadores, a segregação tinha terminado nos Estados Unidos. Martin estava orgulhoso e grato.

Em 14 de outubro de 1964, Martin recebeu o **Prêmio Nobel da Paz** aos 35 anos. Mas o trabalho de Martin ainda não tinha terminado. Ele queria fazer muito mais — por si mesmo e pela nação.

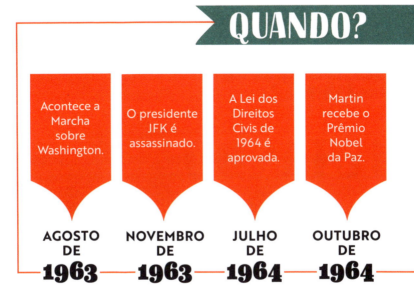

EU SOU
UM
HOMEM

EU SO

CAPÍTULO 7

LUTANDO
ATÉ O FIM

Marchando de Selma
★ até Montgomery ★

Depois que a Lei dos Direitos Civis de 1964 foi aprovada, as pessoas esperavam que as coisas melhorassem rápido. Mas não foi assim. Algumas cidades optaram por fechar escolas, em vez de acabar com a segregação. Outras cidades tinham regras injustas, que dificultavam o registro eleitoral dos negros.

Uma dessas cidades era Selma, no Alabama. Em 7 de março de 1965, vários ativistas pelos direitos civis tentaram fazer uma marcha pacífica de Selma até Montgomery, para protestar contra as regras eleitorais injustas. Foram recebidos com

violência pela polícia estadual. A marcha e a violência foram transmitidas na TV. Foi tão ruim que esse dia ficou conhecido como "Domingo Sangrento".

As pessoas ficaram muito descontentes, incluindo Martin. Mas, em 21 de março, ele liderou uma segunda marcha de Selma a Montgomery. Dessa vez, os manifestantes pacíficos tiveram a proteção da Guarda Nacional do Alabama. Não houve violência. A marcha de quase 87 quilômetros levou cinco dias. Martin começou com um pequeno grupo de apoiadores. Mas, quando chegaram a Montgomery, a multidão tinha crescido para 25 mil pessoas! Martin estava entusiasmado com o fato de tantas pessoas apoiarem os direitos de voto igualitários.

PARA PENSAR

Em 1965, Martin já tinha trabalhado tanto que poderia facilmente ter decidido fazer uma pausa e deixar outra pessoa continuar sua luta. Por que você acha que ele não parou?

A marcha teve um grande impacto no presidente Lyndon Johnson. E, em 6 de agosto, ele assinou a Lei dos Direitos de Voto de 1965, que acabou com as injustas regras que dificultavam o voto dos cidadãos negros. Esse foi um momento histórico para Martin e para o país.

★ Um adeus trágico ★

Martin alcançou muitos de seus objetivos de igualdade. Mas, em vez de descansar, continuou a falar quando via uma injustiça. Martin protestou contra a guerra e a **pobreza**

> ## A justiça é o amor corrigindo o que se revolta contra o amor.

e lutou por **direitos iguais de moradia**. Coretta e seus filhos continuaram a apoiar seu importante trabalho.

Em abril de 1968, Martin foi para Memphis, no Tennessee, para ajudar os negros que trabalhavam no saneamento. Eles estavam protestando para receber o mesmo que os trabalhadores brancos. Infelizmente, aquele seria o último protesto de Martin. Em 4 de abril de 1968, a vida de Martin terminou quando ele foi assassinado na sacada do Motel Lorraine, em Memphis. O homem que o matou, James Earl Ray, era um racista que não acreditava na igualdade. Depois do assassinato, James Earl Ray fugiu. Foi finalmente capturado em 19 de julho de 1968. Declarou-se culpado do assassinato de Martin e foi condenado a 99 anos de prisão.

No mundo todo, as pessoas ficaram tristes com a trágica morte de Martin. Milhares foram ao enterro dele em Atlanta. E, poucos dias depois, o presidente Johnson homenageou Martin assinando a Lei dos Direitos Civis de 1968. Essa lei cumpria um dos últimos objetivos de Martin na igualdade dos direitos à moradia. Se as pessoas quisessem alugar ou comprar uma propriedade, era ilegal discriminá-las por causa de raça, religião ou nacionalidade.

Mesmo após o falecimento de Martin, as pessoas continuaram apoiando seu sonho, especialmente Coretta. Em 1968, ela criou o Centro King, em Atlanta. Todos os anos, centenas de milhares de pessoas visitam o centro para honrar o legado deixado por seu marido.

Martin será sempre lembrado como um dos maiores líderes dos direitos civis do mundo. Em 1977, foi premiado com a Medalha Presidencial da Liberdade e, em 2004, com uma Medalha de Ouro do Congresso. Hoje, pessoas do mundo todo viajam para Washington, D.C., para visitar o Memorial Martin Luther King Jr.

QUANDO?

1965 — A Lei dos Direitos de Voto é aprovada.

1966 — Os Kings se mudam para Chicago, em Illinois.

1968 — Martin é assassinado, e a Lei dos Direitos Civis de 1968 é aprovada.

CAPÍTULO 8

ENTÃO...QUEM FOI MARTIN LUTHER KING JR.?

★ Desafio aceito! ★

Agora que você sabe tudo sobre Martin Luther King Jr., vamos testar seus conhecimentos em um pequeno questionário sobre quem, o quê, quando, onde, por que e como. Fique à vontade para reler o texto e encontrar as respostas se precisar, mas antes tente se lembrar!

1 Onde Martin nasceu?
→ A - Montgomery
→ B - Selma
→ C - Atlanta
→ D - Boston

2 Que faculdade Martin frequentou quando tinha 15 anos?
→ A - Morehouse College
→ B - Seminário Teológico Crozer
→ C - Universidade de Boston
→ D - Martin não frequentou nenhuma faculdade aos 15 anos.

3 **Qual ativista indiano Martin admirava?**

→ A - Presidente John F. Kennedy
→ B - Mahatma Gandhi
→ C - John Lewis
→ D - Rosa Parks

4 **Onde foi que Martin conheceu a esposa, Coretta Scott?**

→ A - Atlanta
→ B - Selma
→ C - Montgomery
→ D - Boston

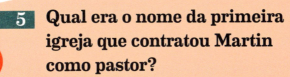

5 **Qual era o nome da primeira igreja que contratou Martin como pastor?**

→ A - Igreja Batista Ebenézer
→ B - Igreja Batista da avenida Dexter
→ C - Igreja Batista Montgomery
→ D - Igreja Batista da avenida Boston

6 **Qual boicote acabou com a segregação nos ônibus urbanos?**

→ A - O boicote aos ônibus da campanha de Birmingham
→ B - O boicote aos ônibus de Montgomery
→ C - O boicote aos ônibus de Selma
→ D - O boicote aos ônibus de Atlanta

7 **Martin atuou como presidente de qual organização de direitos civis?**

→ A - Conferência de Liderança Cristã do Sul
→ B - Conferência de Liderança Cristã do Norte
→ C - Comitê de Coordenação de Estudantes Contra a Não Violência
→ D - Sociedade pelos Direitos Civis

8 **Qual foi o nome do discurso que Martin fez na Marcha sobre Washington por Trabalho e Liberdade?**

→ A - "Dê-nos a cédula"
→ B - "Eu tenho um sonho"
→ C - "Eu acredito"
→ D - "Aqui em Washington"

9 **Quantos quilômetros Martin e seus apoiadores marcharam, em Selma, em defesa dos direitos de voto dos negros?**

→ A - 16 quilômetros
→ B - 40 quilômetros
→ C - 72 quilômetros
→ D - 87 quilômetros

10 **Como Martin foi homenageado pelo seu trabalho no movimento dos direitos civis?**

→ A - Prêmio Nobel da Paz
→ B - Medalha de Ouro do Congresso
→ C - Medalha Presidencial da Liberdade
→ D - Todas as anteriores

Respostas: 1. C; 2. A; 3. B; 4. D; 5. B; 6. B; 7. A; 8. B; 9. D; 10. D

★ Nosso mundo ★

Os benefícios do trabalho de Martin ainda podem ser vistos atualmente:

→ As organizações de direitos civis continuam a seguir a abordagem de Martin para lutar por mudanças por meio da não violência e de protestos pacíficos.

→ As pessoas continuam a viver de acordo com as palavras de Martin: "A injustiça em um lugar qualquer é uma ameaça à justiça em todo lugar".

→ Mais pessoas se manifestam contra a injustiça, em vez de ficar em silêncio. Elas costumam fazer isso em nome de Martin e em sua homenagem.

→ A vida de Martin continua a inspirar as pessoas a trabalharem para alcançar seus sonhos, por mais impossíveis que pareçam.

PARA PENSAR

MAIS!

Agora vamos pensar um pouco mais sobre o que Martin Luther King Jr. fez e como suas ações afetaram nosso mundo.

→ Como você acha que o trabalho de Martin refletiu em sua vida? Pense na sua escola e no lugar onde mora.

→ O discurso "Eu tenho um sonho", de Martin, inspirou muitas pessoas a tornarem o mundo um lugar melhor. Em que tipo de mundo você sonha em viver?

→ O que você acha que podemos fazer para continuar o sonho de Martin de igualdade de direitos e oportunidades para todos?

Glossário

Boicote: recusa em lidar com uma pessoa, loja ou organização até que certas condições sejam atendidas

Boicote aos ônibus de Montgomery: campanha para acabar com a segregação racial em ônibus urbanos em Montgomery, Alabama

Cidadão: pessoa que vive legalmente em um país e a ele pertence

Códigos Negros: leis do sul dos Estados Unidos destinadas a restringir os direitos e as liberdades dos negros após do fim da escravidão

Direitos civis: direitos que são concedidos a todos os cidadãos de serem tratados de forma justa e igual

Direitos iguais de moradia: capacidade de alugar, possuir ou viver em uma propriedade sem discriminação

Diversa: que tem uma variedade de algo, especificamente uma variedade de pessoas

Era da Reconstrução: período que se seguiu à Guerra Civil e durante o qual os Estados Unidos tiveram que mudar suas leis, especialmente para os negros que antes eram escravizados

Escravidão: sistema de trabalho que usava principalmente negros para executar serviços forçados sem direito à remuneração ou liberdade individual

Faculdades tradicionalmente negras: faculdades estabelecidas sob a segregação para atender a alunos afro-americanos dos Estados Unidos

Gospel: estilo de música cantado com frequência em igrejas negras, especialmente nas igrejas batistas do sul dos Estados Unidos

Guarda Nacional: força militar do Estado; também pode ser usada pelo governo federal estadunidense em emergências

Igualdade: quando todas as pessoas têm os mesmos direitos e oportunidades

Ilegal: contra a lei

Inconstitucional: quando uma ação, lei ou política vai contra os direitos garantidos a todo cidadão

Ingressar: entrar em algum lugar ou instituição

Leis de Jim Crow: leis que impuseram a segregação racial depois do fim da escravidão nos Estados Unidos

Movimento dos direitos civis: luta para acabar com a discriminação racial nos Estados Unidos, para que os negros tivessem direitos iguais aos dos brancos e fossem tratados com justiça

Pobreza: situação de quem é muito pobre

Prêmio Nobel da Paz: prêmio internacional concedido todos os anos a pessoas que fazem um excelente trabalho na promoção da paz

Proclamação de Emancipação: ordem do presidente Abraham Lincoln que libertou todas as pessoas escravizadas nos Estados Unidos, em 1863

Protesto pacífico: protesto em que as pessoas se manifestam sem o uso de violência para que suas demandas sejam atendidas

Racismo: discriminação contra alguém de uma raça diferente com base na crença de que a sua própria raça é superior

Reverendo: título dado ao líder de uma igreja

Segregação: separação de pessoas, geralmente com base na raça ou na cor da pele

Suprema Corte: o mais alto tribunal federal dos Estados Unidos, cujos nove juízes têm o poder de ouvir e decidir sobre todos os outros casos judiciais estaduais e locais

União: estado de pessoas se unindo

Viagens da Liberdade: forma de protesto não violento em que ativistas foram de ônibus do norte para o sul dos Estados Unidos

Bibliografia

Bolden, Tonya. **M.L.K. Journey of a King.** Nova York: Abrams Books for Young Readers, 2006.

Carson, Clayborne. **The Martin Luther King, Jr., Encyclopedia.** Westport, CT: Greenwood Press, 2008.

Carson Clayborne and Kris Shepard, eds. **A Call to Conscience: The Landmark Speeches of Dr. Martin Luther King, Jr.** Nova York: Warner Books, 2001.

Congressional Gold Medal for Martin Luther King, Jr. and Coretta Scott King. National Museum of African American History and Culture, Smithsonian Institution, Washington, DC., acesso em 4 abr. 2020, NMAAHC.SI.edu/object/nmaahc_2014.135ab.

King, Jr., Martin Luther. **The Autobiography of Martin Luther King, Jr.** Clayborne Carson, ed. Londres: Abacus, 1998.

The Martin Luther King, Jr. Research and Education, acesso em mar. 2020, kinginstitute.stanford.edu/institute/king-institute.

National Park Service, **March on Washington for Jobs and Freedom. Last updated August 10, 2017.** nps.gov/articles/march-on-washington.htm.

Siebold, Thomas, ed. **Martin Luther King, Jr.** San Diego, CA: Greenhaven Press, 2000.

Sobre a autora

CHRISTINE PLATT é ativista da alfabetização e defensora apaixonada da justiça educacional e da reforma política. É formada em Estudos Africanos pela Universidade do Sul da Flórida, tem mestrado em Estudos Africanos e Afro-americanos pela Universidade Estadual de Ohio e doutorado pela Faculdade de Direito da Universidade Stetson. Ela acredita no poder de contar histórias como uma ferramenta de mudança social, por isso a literatura de Christine se concentra no ensino de história, raça, igualdade, diversidade e inclusão para pessoas de todas as idades.

Sobre a ilustradora

STEFFI WALTHALL é uma ilustradora e designer de personagens que sempre se inspirou em mulheres fortes e destemidas, seja na história ou na ficção. Steffi adora histórias centradas no ser humano e cria imagens que celebram e abraçam a diversidade (e em geral incluem uma mulher portando uma espada). Quando não está trabalhando em algum projeto, ela pode ser encontrada procurando inspiração em um livro ou na natureza, com sua câmera Polaroid em mãos, sempre buscando mais uma história para começar.

Para todos que estão dando continuidade
ao ótimo trabalho de Martin, obrigada.

Primeira edição outubro/2022
Papel de miolo Offset 120g
Tipografias Eames Century Modern,
Sofa Sans e Brother 1816
Gráfica IPSIS

Sobre a autora

CHRISTINE PLATT é ativista da alfabetização e defensora apaixonada da justiça educacional e da reforma política. É formada em Estudos Africanos pela Universidade do Sul da Flórida, tem mestrado em Estudos Africanos e Afro-americanos pela Universidade Estadual de Ohio e doutorado pela Faculdade de Direito da Universidade Stetson. Ela acredita no poder de contar histórias como uma ferramenta de mudança social, por isso a literatura de Christine se concentra no ensino de história, raça, igualdade, diversidade e inclusão para pessoas de todas as idades.

Sobre a ilustradora

STEFFI WALTHALL é uma ilustradora e designer de personagens que sempre se inspirou em mulheres fortes e destemidas, seja na história ou na ficção. Steffi adora histórias centradas no ser humano e cria imagens que celebram e abraçam a diversidade (e em geral incluem uma mulher portando uma espada). Quando não está trabalhando em algum projeto, ela pode ser encontrada procurando inspiração em um livro ou na natureza, com sua câmera Polaroid em mãos, sempre buscando mais uma história para começar.

Para todos que estão dando continuidade ao ótimo trabalho de Martin, obrigada.

Primeira edição outubro/2022
Papel de miolo Offset 120g
Tipografias Eames Century Modern,
Sofa Sans e Brother 1816
Gráfica IPSIS